KB064315

안개꽃 꽃잎만큼 많은 날을

안개꽃 꽃잎만큼 많은 날을

1쇄 발행일 | 2020년 10월 30일

지은이 | 장태진
펴낸이 | 정화숙
펴낸곳 | 개미

출판등록 | 제313 - 2001 - 61호 1992. 2. 18
주소 | (04175) 서울시 마포구 마포대로 12, B-103호(마포동, 한신빌딩)
전화 | (02)704 - 2546
팩스 | (02)714 - 2365
E-mail | lily12140@hanmail.net

ⓒ 장태진, 2020
ISBN 979 - 11 - 90168 - 19 - 9 03810

값 10,000원

안개꽃 꽃잎만큼 많은 날을

장태진 시집

개미

풀밭인지 꽃밭인지 눈뜨고 볼 만큼은 어울린듯해서

다듬어지지 않은 성질을 화끈하다고 하고, 다소 무식
한 행동거지도 용감하다고 했던 시대가 있었다. 문학
한다고 와싹거리며 생판 날것들 얇게 던져놓고 돌아앉
은 지 46년이 흘렀다.

세월이라는 말을 써도 될 만큼 무심했던 시간, 되돌
아 앉아 보니 그새 인상人相 변한 것이 섬뜩하다.

공연히 햇살을 탓하고 실없이 바람 맞으면서도, 빗방
울, 눈송이 세며 시詩인 듯 살려고 노력을 했다만, 아직
도 헤매는 듯하고.

아무튼 집集 하나 만든다는 뜻으로, 여기저기 빠끔거
린 것들과 요 몇 년 사이 만지작거리던 것들의 재료와
때깔을 감안하여 나누다 보니, 먼저 준비한 것들이 조
금 모자란 것 같아, 묵은 아픔들 몇몇을 더 넣어 모두
네 개의 울타리로 엮었다.

요만 요만한 몇 그루 나무, 붉은 꽃씨 몇 꼬집, 좀 드문 풀뿌리 같은 것들. 심을 때 정성으로 가꿨음에도 쥐뿔스러운 것 하나 없이, 그냥 풀밭인지 꽃밭인지 눈뜨고 볼 만큼은 어울린 듯해서 나름 용기를 조금 보탰다.

여러분에게 어떤 쾌감도 주지 못하고, 나만의 재미로 끝나고 말면 어쩔까. 감동이든 재미든 하다못해 꼬투리라도 잡힐 수 있어야겠다고 생각해서, 행간行間을 더 당겨보려 했으나, 서툰 상처 덧난 듯 아직도 어설프다.

속 좀 털어 놓으려다 그냥 다 벗어버린 듯 부끄럽다.

3, 40년의 희미한 관록이나, 열 권, 스무 권 값비싼 명함 같은 시집이 아니라, 단 한 편, 단 한 구절, 그 속 내 아무래도 버릴 수 없어 한번쯤 되뇌어 주는 여러분이 한 사람이라도 꼭 있기를 바라는 마음으로!

2020년 가을
장태진

차례

II
약속

Ⅲ
이명耳鳴

I

덧니

바람이 분다

잎도 없는 빈 가지가 방향도 없이 흔들리고

바람이 분다

어둠 끝에 선
촛불처럼
지나온 날은
저렇게 멀리 있는데, 아직 거기
드문드문 남은
풀꽃들 흔적
펄럭거리는
바람

실연의 기억만 남은 사랑 흔적뿐인
풀밭을 헤매는
아직도 스물
지금도 첫사랑을 하고
흔들리는 빈 가지에

간신히 매달린
나뭇잎 그늘

철따라 부는
바람이 분다

먼 산

한나절 두리번거리다
잃어버린
먼 산

흔들리는 바람에 길을 잃고 우는 산새
울음
소리에
풍덩대다
잊어버렸던
갓 스물 그 너머
산 멀리
거기가 어딘지
내가 누구인지도 모르는 삶과
죽음처럼
먼

산 아래, 높은
일몰에 풍덩거리다

오늘 하루쯤 더
가까이 가는
그리움

오늘 나는

어둠 두근거리는
더듬이 곧추세우고
입구에서 출구로
샛별 날 때쯤 다시 입구
바람 불어오는 방향으로
로터리 돌아 길은
내게로 이어지고

가다가 멈추는 하늘을 보면
은회색 그늘 끌어다 가림막 치고
내일쯤 추운 비 내리려는 하늘을 보며
문 앞에 서면 벌써
신발 벗어 두고
건너온 하늘, 길
건널 채비하고
다시 돌아가는 길

나는

오늘
아파도 사랑하는
연습을 한다

고개 들면

흰 구름 같기도 하고
먼 산 같기도 하고

눈부시듯, 맨눈에
보일 듯 말듯

고개 들면 하늘이었다

흰 구름 같은 것이
너무 먼 산 같은 것이
싫어

잠시
잠깐
눈 돌릴 때면

바람 같기도 하고
천둥 같기도 하고

쿵쿵 마음이 울려
몇 번 살 속 헤집다 고개 들어도

더 분명하게 늘
하늘이다

바닷소리를 따라 1

바다로 갔다 돌아왔다
처음 만난 바다는 넓고
절벽
너무 높았다

어두워져 다시 찾았을 때
물바람 소리 머금고 바다는
눈빛 번뜩거리며
절벽으로
나를 몰았다

두려워 어둑한 길
돌아올 수밖에

해 달 별 보다 보면
달빛 별빛 익어지고
무디어질 그때까지

물소리 다 잊고
열대 꽃무늬 새빨간 셔츠에 굽 높은 백구두도 신어보
고
허리띠 편한 연한색 면바지, 테일러드 롱코트도 입어
보고
한 번 더
기다려

다시 찾은 바다는
캄캄한 절벽에서, 아직
돌아앉지 않았고
나를 돌아보지도 않았다
소리만 내던질 뿐

바다는 나를
기다리고 있지 않았다

바닷소리를 따라 2

바닷소리를 따라
바다와 그 물빛을 따라
나를 잊고
바다를 갔다

알 수 없이 흔들리는 바닷바람에
일렁거리는 푸른 물소리
캄캄한 물빛만
절벽처럼 스쳐 만나고
되돌아와

일렁거림 그 뜻 알 수 있을 때까지
기다리기로 했는데

풀꽃들 반짝거리는 향기
찻잔에 번질 때까지
기다리기로 했었는데
바다가 나를 따라 나설 때까지 더 기다려야 하는데

〈

맑은 바닷빛 밟으며, 손잡고
함께 하늘로 가고 싶다고 해도
바닷소리에 안겨
잠들고 싶어도
한 번 더 기다려 보기에는
남은 시간이 결코
많지 않다

다시 기다려
그 바다 또 올 지도
다시 안 올 지도 몰라
물바람 같은
산바람 소리 들으며

절벽이나 바다 쪽은 당분간 기웃거리지 않기로 했다

어둠에게

눈이 없소? 귀는 있고?

꽃밭에 피었다고 다 꽃도 아닐 텐데
앉은 자리마다 화려하게
피어나는
어둠
껌벅일 때마다
꽃이 된다

산을 보고 가는데 산은 없고
물을 보고 걷는데 길만 이어져
돌부리 허물고, 여기저기
개구리 우는 소리
산 끼고 돌아나니
호수가 날아올라
깊이 그 아래
가라앉은
하늘

〈

화려한 먹빛을 찾아
온몸을 다 열어
여보세요

여보세요
누구
없어요?

동물원 동물들

맨발과 신발의 간극으로
안과 밖을 구분하는 철창 사이로
손을 내밀고
손을 디민다

영혼을 위로하여 문을 열어 줄 동물 없고
응답을 기대하며 문 열고 갈 동물도 없어
눈 감아야 겨우 뜨이는
그 햇살을 헤적이며
돌가루 바닥에 나앉아
울타리 맞보는 연민
비 오는 하늘만큼 무겁다

발톱에 낀 까만 하루가 다 가고, 오늘도
기웃거리는 울안보다
몇 마디쯤 가까울 그리움
두리번거리는 울 밖으로
덫을 놓고

조금씩 투명해지는
숲 그늘 기다리다

울안에는 없는 그리움
먼 줄도 모르고
동물들은 떠나고
동물원만 남아서

한나절 풍경으로 돌담 너머
허공을 떠다닌다

바다에서 — 팽목항

바닷소리를 건져 올렸다, 넓게
푸른내가 아직까지 은연하게 들리고 있었다

한마디 흐트러짐 없이 건져 올린
바닷소리에서 얼룩거리는 꽃 냄새, 밤새
늘어지던 꽃노래가 왜 희미해지는지
향기를 보는 눈빛은 왜 점점
촉촉해 지는지 묻기도 전에
바닷소리가 출렁였다
출렁임 따라 봄이 오듯
꽃이 피고

향기 타고 오르는 바닷소리
소리에서 뛰어내리는
매번 낯선
파도

바다빛 손은 언제부터 울림을 타는지

꽃망울은 언제부터 파도 소리를 풍기는지
궁금하지도 말고, 아직은
나를 잊지 않았냐고
묻지 않는 것처럼
꽃 냄새 잊지 못한 바다에서
잊을 마음 전혀 없이
바람소리 물소리 달빛 별빛 천둥번개 등댓불 먼 뱃고동 소리
흩어졌다 모이는 노랫소리

둥 둥 둥
헤어졌다 만나는 바닷소리가 절집 쇠북소리보다 넓고 푸르렀다

이력서

잘 먹고 잘 살았다고
팔뚝 굵게 흔들며
계단을 오르는 발자국
칸칸이 덧칠한
때깔 좋은 꽃다발

명절 끝에 버리고
한여름 더위에 버리고
가을 단풍과 함께 쓸어
낙엽으로 버리고
겨울 추위에 버리고
눈과 함께 녹는다

빈 병
빈 봉투
빠개진 상자, 밟혀
찌그러진 깡통
눈 녹은 그 아래

〈

억울한 역사가 되어
추억을 불러내는 혼잣말
누렇다고 다 똥인가

덧니

살짝 비껴
보얀 민낯에 포개지는
무심한 미소

낯익게 내다뵈는
프러포즈

젖은 채 누워

하늘에 뜬 물을 길어
천 일의 꽃을 피우고, 그 꽃
다시 하늘에 묻었다
핏빛처럼 깨끗하고
애잔하지만
꽃은 이제
꽃이 아니고
새벽앓이
흔들어 깨우는 손

잠도 꿈도 잊은 채
읊조리며 이어 부르며
몇 구비 서성이던 길목
내 마음과 달랐던
그 때는 어땠는지
말할 수 없어서

하늘에 뜬 물 길어

꽃 다시 피우고
나는 젖는다

젖은 채 눕는다

포비아Phonophobia — 소리

소리는 문을 열고 소리는 문을 닫는다

문을 닫고 문을 열고
흔들다 두드리다 긴 손가락
빗장을 걸면, 깜깜하게
번지는 발자국
무시로 일렁거리다 소릿결
어느 자락 흔들릴 때마다
벽에 못질을 하는 누구
창문을 집적대는 누구
빛깔을 달리해서
틈틈을 비집는
귀앓이

시퍼렇게 날 선 길고 큰 칼이 아니다
핏자국 선명한 굵은 몽둥이가 아니다
까칠하고 날카롭게
쥐(鼠)인 듯 긁다가

들짐승 송곳니처럼
등살 잔소름 돋도록
덤벼드는 두근거림
힐긋거리며 가만가만
귀를 여는
그림자
흔적뿐

하늘을 찢는 천둥 번개도 아니다
벌꺽벌꺽 열렸다 닫히는
귓속을 울리는
일상

늘 뜻밖이다

거리距離

골목이 있고 모퉁이가 있는 마을
저쪽

넓지 않은 강
건너
낯선 바람소리
이쪽

강물 따라 — 바다에 이르러

묵정밭 돌둑 아래 빈 뜰 같은 물소리
쇳물로 흐르던 길 하얀 찔레꽃
발 시린 돌부리 산그늘 열고
마른기침 몇 번에
헛구역질 몇 번
개울에 눈을 씻고

도시천 지나고
천변 길 돌아나며
멱살잡이 몇 번에
삿대질도 몇 번
물너울 울컥울컥
수중보에 덧걸치고
몇 십번의 비린 트림
몇 백번의 빈정상함
물빛에 젖을 때쯤
소금 거품 한껏 물고
하늘을 내다보다

시퍼런 물소리로
돌아눕는 저 바다

강물로 만나서
본디대로 흐른다

역전 아리랑

우연찮게 앉아서 눈짓 기다리다
남서풍 불면
그때가 언제든
거기가 어디든
봄기운도 잠시
차는 다 떠나는데

다시 돌아올 듯
길 따라 떠나며
부르는 노래, 외롭게
아리랑
아리랑
아라리요

부르는 사람의 인생을 생각하며
따라 부르는 노래
노래를 듣는다

Ⅱ
약속

사랑은

곱게 접었다 다시 펴도
상처가 나고
상처를 만지면
아픔이 되살아나
상처만 덧날 뿐

그렇게 가고 다시 오지 않았다
사랑은

거북해도
어색해도
내가 사랑하는 사랑이면
나를 사랑하는 사랑이면
기다리다
부대끼다
상처가 나도, 그 사랑
사랑하다 죽어도 아프지 않을 것 같아

다만
기다릴 뿐

바람 멎어도

온밤을 쿨럭거리던 바람
몸살처럼 멎었어도

내 마음 번쇄하다

바람 그 소리
젖은 꽃잎 좇아
날아갔다 해도
가지 끝에 꽃
노랑나비
아주 잊히지 않고

발갛게 숨이 차는
그리움

꽃물
한지韓紙에 번지듯
복삭거릴 뿐

〈
바람 멎어도

마음
전혀
흔쾌하지 않아

나비는 꽃이 되고

노란 날갯짓
꽃그늘 흔들고
바다로 간 나비

빈 가지에 바구니만 매어 놓고
떠나간 사랑처럼 노란 손수건 매어 놓고
기다리는 꿈나무, 나는

빈 가지에 손수건
노랑나비 기다리다
바다를 보았다

눈 익은
그 노란 손수건
나비가 되고
나비는 꽃이 되고
바람 부는 언덕 아래
누구도 닿을 수 없는

한 송이 꽃이 되고

노랑나비
노랑
나비 되뇌며
나는 이제
언덕이 보이는 창마다
불을 밝힌다

아직
바다를 기다리며

사랑의 끝은 이별이 아니다

반짝 보일 듯이
달그락거리는 기다림
사랑이다

사랑의 싹틀 때는 어디서든 찰랑대는 단발머리 맑은
바람이 불다 두 눈에 헛것들 보일 때쯤 그 사랑 꽃이 되
고 모양 다르게 어둠을 밝히는 선명한 빛깔의 향기 하
늘을 채운다

빈 뜰 같은 마음에
흩날리는 꽃잎
두렵지 않은 사랑 있을까

눈과 눈, 손과 손목, 어깨 맞대고 서로를 이어 새벽의
숫눈같이 사랑하는 사람들, 과거에 젖어 다시 만날 날
의 일기 미리 쓰면서 5분이다가 5분 전이다가 선홍빛
맥박으로 날이 밝는다

알 수 없는 일들이 일어나서
알 수 있는 일들이 될 때
떨어져도 아름다운 것이
꽃잎인데

양날의 칼과 같이 불쑥불쑥 나타나는 이데올로기 땡
볕에 간간이 목이 마르고 장맛비로 파돗소리로 출렁거
리다 이제 그는 없고 나는 아직 젖어 있으니, 사랑의 끝
은 이별이 아니다

눈물이다

후회

어느 전생을 만나
바람이 불어도, 틈새로
순간 빗물이 들어도
연분인 줄 모르고 아둔한 눈
혼자서 사랑하고 멋대로 떠나갔다
뻔뻔하게 돌아와

이름을 부른다

비가 내리다가도
바람이 불다가도
바다가 보이면 개고
파도 소리에 꽃이 피던
어떤 인연 놓지 못해서

다시
길을 나선다

약속 1

낮게 덮인 하늘, 가볍게
흔들리는 겨울 멋부림

기다림으로 벅찬
그 반가움으로
추위 타듯 긴 얼굴
툭툭한 모자 뒷굽 구두
한참 덧칠해도
세월 덮지 못하고
억울한 눈빛으로
하늘 한번 흘깃하는데
첫눈이 온다고
저녁 한때 온다고
사방팔방 방송을 하더니
이미 녹아
언뜻거리는 빗물

나는 다시 열병에 들고

약속 2

어스름으로 밀려온
바람에 거듭 뒤엉키는
하늘, 젖은
어둠을 타고
내 안 단내 나도록
발목 죄는 겨울비
돌처럼 내게로 무너진다
첫눈이 온다고
저녁 한때 온다고
천지로 방송을 하더니
눈꼬리에 맴돌다
흐르는
기다림

희끗희끗
맺히는 빗물

나날들 1

　우체통 만나면 빨간 엽서 쓰고 싶고 전화박스 지날 때는 그 목소리 여울지는 그런 때가 있었다 비 오는 창가에선 까닭 없이 마음 젖고 낙엽 소리 밟고 가다 가던 길 잃어버린 그런 때도 있었다 한목에 흘러내리는 유리알처럼 감당할 수 없이 그렇게 나를 떠난 것도 있었고 눈물 남부끄러워 우산도 없이 빗속을 걷다 받는 이 없는 봉함엽서 붙이고 바닷바람에 씻기는 겨울 별빛 모아 새벽녘으로 돌아오던 봄바람

　꽃잎 닮은 일기 책장마다 늦은 단풍이 든다

나날들 2

아물거리는
눈빛에 싹이 트고
고운 때깔 바람결에
움돋아
봄빛 한나절
잎이 되고
꽃이 되고
흐르는 구름으로 엽서를 쓸까
추억하는 햇살 울타리 맬 때쯤
꽃밭 둘레로
봄내 풋풋하더니

꽃 그림자 흔들리며, 어?
나비 따라오는
이 목소리

그 봄을 그린다

비 오는 날은

맑은 냇물로
긴 강물로, 유리창에
흐르는 빗물

내 마음 다 적십니다

단팥빵

근대로 그 시절
진골목 따라 걷다
단팥빵 사서
맛있어. 이건 당신 몫
당신 더 먹지
당신은 별론가 보네
자기 좋아하는 단팥방 자기 더 먹으란 줄 모르고
장골목 따라 청라언덕 바라보는 성당 쪽길로

시인의 고택 한갓진 꽃그늘
잠시 피다 진다

양귀비꽃

때맞춰 남서쪽에서 왔다고 했다
나지막한 유혹 낯설지 않고

얇은 향기
발갛게 흔들리는
아찔한 만남
양귀비꽃
꽃그늘
낡아가는
남서풍에
다시 낯설어지면
섬뜩한
미련에 또
발이 빠지고

올 터진 계절을 걸치고, 사랑은
낮은 하늘을 걷고 있다

애인

바다가 그리우면
바닷바람이었다가
가을 들판을 그리면
서녘하늘 붉은 노을이 된다

내 심장을 달구는
뜨거운 이름

안개꽃 꽃잎만큼 많은 날을

높지만 가파르지 않은
산기슭에
테라스 딸린
작은 집 짓고
나지막한 소파에 묻혀
소식 전하는 강물을 보며
흐르는 물처럼
우리는 사랑했고
나는 행복했다

시작의 기쁨도 버리지 말자
과정의 즐거움도 잊지 말자던
그 사랑 떠난 후 한참을
나뒹굴며 울었고
팔을 내저으며
몇몇 날 몇 밤을 더
슬퍼했다

낮게 흐르다 고인 물처럼
하늘 가득 담고 달빛 속을 걷다
날아갈 수도
흘러갈 수도 있는 시간
스스로 안타까워
머리털을 쥐어짜며
떠밀리듯 때를 보내고

나무 사이로 불던
가만한 바람과 함께 흐르던
강물처럼 흘러간 시간을
곱씹는 아픔

꿈에서 그를 만나고 아쉬워
꿈을 이어 잠을 청하는 설레임

누구의 도움 없이는 추억하기도 버거운 세월
눈 흘겨 돌아서는 모습도
이제는 밉지 않다
사랑해요
지금도

안개꽃 꽃잎만큼 많은 날을 아직

밤새워 기다리고 있음에

상사별곡相思別曲

비바람 둑을 쌓고
둑으로 벽을 쌓아
내 못 가는 강 건너
물 넘든 바람 치든 내데껴두고
아침 햇살 바라며 눈 뜨고
강 건너 꽃 지는 소리에
잠이 들다

날마다
하늘이 무너지는 새벽마다
손가락 걸며

날밤 가슴을 디디는 먼 발소리
맥이 풀리는 긴 숨소리
눈을 떠도 캄캄한
빗소리 바람소리
옷섶을 여미어
천 년을 흔들어 온 그 문

똑
똑
똑
두드리다

희붐한 가슴팍에 빈 손가락 다시 건다

Ⅲ
이명耳鳴

거기에

자다 깨면 거기
손을 흔드는 아버지가 있다

부르는 소리대로 걷던
길 따라 봄 오고
바람이 분다

자다 깨면 거기
벌 나비 날갯짓 속에
꽃보다 잎들이 다투어
손 흔드는 길

풀벌레 소리 어둠으로 스미고
길섶에서 잠든 별빛들 따라
부는 바람 우수수
달빛을 흔들 뿐

다투어 시드는 꽃들만 두근거리는 거기

자다 깨면, 이제
내가 있다

귀향

흙길도 흙돌담 손골목도 아니다
골목 안집 순자 누나도
달그락거리던 열두 남매
희수네 낮은 부엌소리도 없다
한 집 건너 빈 집 돌아가면
무너진 돌담

아버지도 아버지의 사과나무도 없으니
매미소리 가지 끝 잠자리들 분답해도
구름 빛만 맴도는
빈 마을

가을 공산公山에

봄꽃보다
고급지다

바람 타고 구름으로
계곡으로 흐르다
심장을 더이는
붉은 안개
솔골짝
그득하게

불콰한 공산

여름 삽화

자글거리는 신작로 길갓집
말라붙은 흔적 공연히 오싹하여
바지춤 잡고 두리번거리다
코스모스 향해 돌아선다
능금밭 일손 많아
새참도 든든해야 한다고
귓바퀴에 도는 소리
땡볕에 익을 때쯤

이 더위에 주전자까지 들려 니를 보냈나
머리보다 큰 걸 양손에 들고 괜찮겠나?

아카시아 꽃내 따라가는 하천 둑길
요령 없이 목마른 매미소리
좀 피했다 가자, 목도 타고

새참 때는 다가오는데
'자가, 자가 와 저 카노, 어이'

햇볕에 익었는지 낮술에 붉었는지
더위에 취한 주전자는
대문간에 주저앉아
혀짜래기
웃음소리
감나무 그늘을 적시고

참 뜨거웠던 그 여름

만복晚福에 대하여 1

먹구름 밀려오면
계절 없이 길게 눕는
벌판에 어른들끼리
— 똑똑하데. 박사라던데
눈치 없는 누가
— 어버이날 그 하루 아들?
심은 이도 가꾼 이도 없이
봄꽃만큼 고운
억새풀 좇는 가을

먼 하늘 돌아보며
고만한 어른들끼리
— 자주 전화 온데, 관절약 보냈더래
촉빠른 누가
— 들앉은 놈 무릎? 지 맘 편하려는 짓거리
흔들리는 계절을 훔치고
목 잘려 쓰러지는
억새 바람

고꾸라지는
웃음소리

만복晚福에 대하여 2

먹구름 밀려오면
길 없는 벌판에 어른들끼리
— 높데, 돈 많다던데
눈치 빠른 누가
— 바빠서 돈만 오는 그 아들?
— 돈은 뭐 지 돈인가!
심은 대로 크는지
가꾼 대로 여는지
떡잎부터 감잎이더니
개암이 열렸다

먹구름 지나가면
빈 눈이 자꾸 개여
— 어디 아퍼? 혼자 있으면 더해
— 모두 기다려. 뜨뜻해
— 빨리 와!
황갈색 억새 바람
그득한 벌판

배롱나무 가꿨더니
백일홍 꽃이 폈다

이명耳鳴

늦더위에 선잠 깼다가
방향도 없이 뛰는 귀뚜라미
더위 피해 왔겠지 불빛에 놀랐겠지
테라스에 내놓으면 불러들이고
불러들여서 다시 내놓으며
돌도 없는 아파트 돌바닥 말고
풀빛 그늘 아래로 보내자니
불쌍한 듯 다시 들여
두어 달 새벽잠 설치며
더위 함께 다 잊고 지내다
된서리 온 날
화분 사이에서
쓸려나온 그를 보고, 안타깝게
한나절 울 것 같아
지저분하게
얼른 버렸는데

겨울 이 밤에

귀뚜라미 그 소리
다시 듣는다

네 살짜리의 숲에서

무슨 소리지? 비행기 가는 소리
할아버지 날 수 있어? 날개가 없어
준이는 신발도 있고 나가고 싶은데?
우리 준이 넘어질라 조심해
봄꽃 향기와 함께 천천히
맺은 열매

네 살짜리의 숲에는
자지러지는 재롱이 익고 있다

꽃은 왜 빨게? 예쁘려고
멍멍이도 예쁘잖아, 하얀데? 귀엽지
맞다, 멍멍이 귀엽다
할아버지, 준이도 귀엽다고 그랬잖아?
그래 내 강아지

바람은 벌써 가을걷이 끝난
서녘 하늘을 기웃거리고

숱한 여름 나무들 속에
머리 위로 푸른 가지를 펴는
이 한 그루 그늘 속으로
비행기 소리
꽃 피는 소리
세상 좋은 소리 다 들리는
귀여운 날들이 빠르게 가고 있다

강심을 모르고

바람 따라
세월 따라 돛단배
강심을 간다

깊게 있어 크게 울었는지
멀리 있어 늦게 울었는지
강심 몰라
강물 더 깊은데

돛단배
강심을 지난다

쉼표

조금 있어보라고
이따가 가라고, 한참
앞서간 별별 생각 따라
따라온 점들이 찍혀
점 점 점
발끝 놓으려다 들고
한 발 들이려다
빼고

건너가라고
그냥 가라고
끌고 가는 듯
따라가는 듯
들이쉬고 내쉬는 여백

숨 표

시대증후군

쑥덕댄 소리 다음날에야 알게 된
배신감처럼 설이 있고
추석도 있다

내외 갈라져도
당신 수발해달라는 우울증
엄마 말이 아니라도
대학교수였다는 동생의
철부지 투정하듯
아침부터 열 받게 하는
박사博士스러운 말이 아니라도
품위 좁쌀만한
인격이 아쉬워지는
명절 다음날 아침

맛도 간도 없는 나물
근본 없는 전, 희한한 산적
퍼질러 놓은 것들 주워 담다

한숨을 몰아쉰다
— 남긴 본새 하고는

당장 자를 수도
그냥 이을 수도 없는
철늦은 색동옷
한나절 뒤적거리다

다시 미련을 앓는다

섣달 스무날

솔바람 별빛 흔들며
골짜기 오르내리던
눈 녹은 둔덕 아래
아침 햇살 속에
흰 돌집 짓고, 아버지
산 멀리 저 산 뒤
바다란다

길 잃은 시간들이
골짜기를 메울 무렵

산 그림자 흔드는
군기침 소리에
편한 듯이
흰 돌집을 덮는
캄캄한 하늘

나는

고아가 되고

아버지

어둠을 더듬어
거슬러 오르다
바람처럼 남은
흔적으로 만나는 이름
깜깜한 바탕에 때로
누렇게 피고 지는
줄기 덩굴손으로
온밤을 더듬어 올라도
더는 닿을 수 없는
높이

벽 저쯤에
미동도 없이
낡아가는 사진틀

귀성歸省

고운 얼굴 산골에서 살기 아깝다고
부는 봄바람 못 이기고
먼 하늘 바라보며
손 흔들던 오솔길
밤새는 줄 모르고
별 세던 눈꺼풀에도
주름이 지고

외진 곳 풀잎 그늘 아래
세월 잊은 띠집 하나
상 위에는 어울리지 않는
이 빠진 그릇

눈 녹으면 오마고
단풍들 때 오마고
이제 생각나면 오겠다고
가을 꽃잎처럼
떨어지는

그리움
두고 간다

명부전冥府殿에

먼발치로 기웃거리는
이름 하나씩 부르고
바닥에 누웠던 무리들
상 위로 올리고
한때는 빛났을
눈빛을 생각하며
붉은 장미꽃을 얹었다

놓친 손 다시 잡지 못해
서늘한 지문만 쥔 채
눅눅한 그 아래로
나돌지 말고
그리운 손끝이
깨우거든 그 때
꽃 같은 눈으로
훤하게
다시 웃으라고

꽃
한 송이 더 놓는다

동지冬至

밤이 가장 긴 밤
어둠을 타고
무리들 몰려다닐까봐
까맣게 쌓여
눈만 빤한 어둠
공연히 떠돌지 말고
갈 길 잘 가라고, 붉은
팥죽을 끓였다

새벽별을 바라, 이제
남은 새알심을 짐작하고

긴 밤이 다소 깜깜해도
까닭 없이 지분거리지 말고
무리끼리 잘 살라고
오늘 동지
팥죽을 먹는다

IV
그 꿈

장미의 늪

핏빛 아픔을 칭칭 동여매고
풀내음 따라 달 보고 별 보고
외나무다리를 건너듯
마디마다 눈 흘기듯
어둠으로 별빛을 새기는 칼날
꽃 피면

향기 농롱한
잎, 장미

잎 입 맞춘 악마의 빛으로
더 길면 더 깊으면
더 좋겠다고
계절을 투정하는 구역질
목젖을 더듬고

햇살에 두드려 맞으며
풋내 종잘대는 본능 따라

꺾고 깎고 새기고 잇대어
얼룩한 손자국
또 지우고
다시 쥐빗는
장미의 늪

천년 허물을 벗고
비로소 깨달은
사랑이 있어 남는 아픔

인생

조명빛 돌아앉아
땀 젖은 두 손
아무리 펴 보인들
박수는 없다

그늘 닮은 분장으로
……대본으로
쑥스러운 조명등
어둠에
덮이고

저 산 저 구름 바라보는
이웃사람1 또는 지나가는 사람2
오물을뒤집어쓰고가당치않은푸념질질흘리며말술에널브러져절망
하고저승을넘나들며암갈색풀벌레 소리밟고가는패잔병엎어지고자빠
지고천신만고끝에투명한어둠으로다시기대앉는
하염없는 캐릭터

단막극 무대

단역
배우

그 꿈

한 눈에도
한 뼘쯤
모자란 듯 남는 듯
넓은 날개 긴 팔
별을 심고, 그 꿈
눈 높게 날아올라
하늘 속 바다를 본다

먼 사막 가운데
깊은 천막
낮은
천국

내 가슴에 꼭 맞는
달빛 그늘의
꿈

거울 앞에서

치뜬 눈으로 깊숙이
지분대는 손길로
　　바르고
두드리고
　　문질러
　　　　닦고
나를 찾는다

언제부터 거기에 있었는지
어디까지 나를 보았는지
알 수 없지만
기웃대는 그가
낯설지 않다, 오히려

내가 떠나면 외로울 텐데
누구도 없이
돌아서는 일이
쉽지 않을 텐데

〈
투명한 강을 건너 그를
연민한다

침향목 1

손톱으로 할퀸 데 손톱만큼
칼날에 뜯긴 데 칼날만큼
다 벗었다, 보일 만치
뜬눈에
맺히는 눈물
상처만 남고 삭아
상처를 감싸며 삭고
남은 상처

살이야 썩어도 속내 보여
더 희진 뼛속 상처
배어나온 골수
진물로
아문다

침향목 2

마음에서
풍구를 열면
열기 머금은 은銀편
그 우에 내리는 침향
연기 없이 오른다

올올이 세어, 맛과 향
손끝으로 뺨으로
날갯짓 느낄 즈음

온몸을 지필 즈음
비로소
피어나며
들이는 수행

광안리, 벗꽃만 꽃이 아니다

물결 따라 은빛
눈 뜨는 파도 소리 머리맡을 밟을 때쯤
뭐랄까, 그 향기 부둥켜안은 광안리 해안길
꽃빛 발자국 햇살 몰아
나비들 날고
봄바람 분다

속살 내고 멋부리다
광안리 벗꽃 바람났단 소문 돌면
오륙도 신선대 부둣길까지
꽃잎들 연분홍
하늘 좁게 흩날아도
잠 설치는 광안리
꽃그늘 들고

언제 왔을까 파도 소리
 커피카페 유리창에 한쪽 어깨 다 내놓고 아득하게 기
대어

비릿한 눈짓
헤픈 봄 바다 많은 얘기 알고 있는 듯
해안길 여기저기 뜻 모를 이력 안고
향기로운 꽃들 만발한다

이제 광안리
벚꽃만 꽃이 아니다

사람살이

위층으로 살고
아래층으로 살고
나를 믿으면서, 내가
사람만큼 살기
바드러운
세상살이

소문

어둠에 젖어, 사람들
귓속말 하나둘 돌아누웠다
밤새 펄럭이며
보채는 별빛

긴 숨 몰아쉬는 눈부신 어둠

돌다리를 두드리고
징검다리를 건너
별들의 기침소리
빈 귓속 돌아 나가고

자정 지나며 빛바랜 어둠

누구의 손아귀에서
귓속 깊이로 버둥대다
텅 빈 귀 채워보지만
새벽 빗장 풀리면

지는 꽃잎

지금 내게 필요한 것은

사랑 많다는 하느님
목마른 길목에
부적처럼
십자가 걸려있는데
노력으로 닦을 수 없는 고통
따지고 싶다
맞닥뜨려 온몸으로
울어야 하는 고통
밝히고 싶다, 분명히
인간을 사랑한다는 하느님
지금 내게 필요한 것은
입에 발리고
귀에 걸리는
아름다운 말씀이 아니라고
반지빠른 해석이 아니라고
해답이라고

빈 잔

눈웃음 한 모금씩 나누면
짜릿함에 헹군 빈 잔
주종酒種 무의미하고
첫잔은 반갑다

행간을 넘나드는
알근함에 덧칠하며
굳은살 박이는 밤
뻔뻔하게 취하려는 것이 아니다
채우는 예도 빈 잔에 있으니

어둠을 삼키고, 불빛
날름거리는 빈 병 하나
길 잃고 쓰러지면
나른한 세상의
묘약처럼
빈 잔
다시 채운다

시월十月의 자리 — 행복식당

낯익은 불빛 아래
시월을 돌아보며
누구를 기다리던
늙은 시인
등 굽은 그 자리

젖은 숨결
간간이 흔들리던 노랫소리

익명인 채 다 돌아가고
그림자 긴 발소리만
터벅거리는 시월
추억도 흠도
남은
빈자리
에레나 아니라도 순이 아니라도
인연 아니었다 할까마는

그림자 흐르는 벽 앞으로
다시 당겨 앉는
시월

심봤다

높은 산만 보는 햇살
깊은 산에만 노는 바람

별빛에 젖어
방초 씨내리면
벌 나비는 꽃으로
토끼는 열매로
쪼고 갔던 새는
어렵사리 다시 왔다가
편백나무 오리나무 숲 그늘
찔끔 싸고 간 가랑잎 소리 속에서
바람 덕에 남아나서
햇살 드는 소리에
눈을 뜬다

천둥 번개로 십년을
바람으로
구름으로

백년을 지내고

심봤다

불면증

마른하늘에 별을 심고
인연을 어깨동무하는
먼 언저리
숨소리 흔적만 남은
눈꺼풀 위로
별빛 기웃거리며
덜거덕거리는 하늘

오직 욕정으로
중천의 관능을 채색하면
깨어진 비밀은
전설이 되고
허물 벗은
나의 잠

눈도 귀도 없이
또 다른 벌거숭이의
별이 된다

오염 1 — 몸살

땡볕의 무게로
바람에 맞서
가슴팍에 쌓은 모래성

깨지는 기침소리
웅크려
눈썹을 흔들고

어둠 들추고
하늘 한번 쳐다보는데
별것 아닌 별것들

하늘 위 다 천국 아님을 알고

천한 비감으로, 다시
별것 되기를 바라는 마음

세월 가도

그대를 사랑했습니다, 오래
그대 생각에
밤새워 별을 헤고
늦도록 글 읽으며
때로 눈물을 흘렸습니다

못물에 비친 밤하늘도
바람 지나면
다만 흔들릴 뿐
위로가 되지 못했습니다

기대감 같은 그리움
급하게 생겨난 신앙심처럼
후회도 했지만
난장 같은 길거리
세월이 가도
옥가락지 하나 꼭 끼고 사는 것이
얼마나 소중한지 비로소 알고

〈
이쯤에서, 우리
다시 만남을 연습하고 있겠습니다

많은 얘기 알고 있는 꽃들

— 장태진 시집 『안개꽃 꽃잎처럼 많은 날을』에 부쳐

*

장태진은 1952년 경북 영천에서 태어났고, 초등학교 3학년 때부터 30대 중반까지 대구에서 살았다. 이후 30여년 대전, 부산 등지로 옮겨 살다가 2010년대 후반 들어 다시 대구로 옮겨 지금껏 살고 있다.

대구 밖에서 산 세월도 길기는 하지만 대구는 장태진에게는 운명 같은 도시다. 장태진은 고교시절에 문학에 눈을 떠 스물 전후부터 이미 기성시인 못지않은 시작 활동을 했다. 그 시절, 그러니까 1960~70년대 '문청'들, 특히 대구의 그들이 '요절한 천재시인' 흉내도 예사로 내면서 '문학에 목매달고 살았다'고 할 정도였다는 사실은 이미 잘 알려져 있다. 장태진은 고교 때 같은 학교 '문청'들과 어울려 '문학동인' 이름을 내걸었고, 입시 준비에 쫓기면서도 시화전이며 합평회며 동인지 발간 등으로 동기, 선배들과 교류했다. 대학의 국문과에 입학해 평론가 박철희 교수도 만났고, 약관 만 20세에 시집 『배경 바다』를 내기도 했다. 가깝기로는 시인 권국명, 선배 이재행(시인), 동년배 하종오(시인), 조향순(시인) 등이 있었고, 또한 1970년 후반 젊은 시단을 대표하는 '자유시' 동인들을 따르며 어울렸다. 실은 당시 대구란 곳은 그런 정도가 아니라 저녁 무렵 북성로, 동성로 등의 주점, 다방 몇 군데를 돌아다니다 보면, 그 시절부터 이미 한국문학사에 예사로 이름을 올리게 되는 시인묵객들이 수두룩했다. 대구에 대한 요즘의 선입견으로, 그들 시인들 사이에 대단한 서열이 있고 또한 보수우익의 강한 정치색이 있을 거라 짐작할 법하겠지만, 실은 그러기보다 서열도 정치성향도 학벌도 무화되는, 낭만적이고 자유분방하고 혈기 방만한 분위기였다. 장태진은 그런 데서 동지를 규합해 동인활동도 하고, 중앙문단을 등에 업은 다른 동아리에 맞서기도 하면서 '종횡무진'했다.

한데 '문청'으로서는 도가 넘쳐서였을까, 장태진의 문학적 행보는 20대 후반 접어들면서부터 중단되고 만다. 2년여의 교사 생활을 거쳐 학원 강사로 이름을 날리며 사교육 시장에서 30여년 살았다. 그동안 아예 문학을 접고 있었다니! 하긴 '입시용 국어'를 가르치는 일을 하자면 문학을 안 버리기도 어려웠을 법하지만, 그래도 용케도 참았다 싶다. 그러다 생업을 작파하고 귀향한 장태진을 옛 감성으로 자극한 이들이 있었으니 여전히 '낭만 문학'의 광휘를 잃지 않은 대구 시인들, 사부격인 도광의, 나중에 중진으로 성장한 홍승우 등과 같은 이들이었다. 그러니 늦긴 해도 신인으로 기성문단에 발을 올리고(2018년 《문학나무》 신인상) 뒤이어 오늘 이렇게 한 권 시집을 내는 수순은 어쩌면 아주 자연스럽다 하겠다. 말하건대 인간은 스스로 기록함으로써 그 존재가 하나의 실체로 분명하게 증명되는 것 아닌가 싶은데, 장태진이 뒤늦게나마 그 존재의 증명을 실체로 하고 있으니 같은 인간으로서 그저 다행스럽다 싶다.

*

장태진의 등단작이랄 수 있는 「광안리, 벚꽃만 꽃이 아니다」를 읽어보자.

물결 따라 은빛
눈 뜨는 파도 소리 머리맡을 밟을 때쯤
뭐랄까, 그 향기 부둥켜안은 광안리 해안길
꽃빛 발자국 햇살 몰아
나비들 날고

봄바람 분다

속살 내고 멋부리다
광안리 벚꽃 바람났단 소문 돌면
오륙도 신선대 부둣길까지
꽃잎들 연분홍
하늘 좁게 흩날아도
잠 설치는 광안리
꽃그늘 들고

언제 왔을까 파도 소리
커피카페 유리창에 한쪽 어깨 다 내놓고 아득하게 기대어
비릿한 눈짓
헤픈 봄 바다 많은 얘기 알고 있는 듯
해안길 여기저기 뜻 모를 이력 안고
향기로운 꽃들 만발한다

이제 광안리
벚꽃만 꽃이 아니다

　　　　　　　—「광안리, 벚꽃만 꽃이 아니다」 전문

　예전에는 매화, 개나리, 진달래, 벚꽃 등 봄꽃들은 피
는 순서가 정해져 있었던 듯한데 이즈음은 지역에 따라

그 순서가 다르고, 같은 지역이라도 해마다 개화 시기들이 달라지기도 한다. 그런 중에도, 예전은 어떠했는지 모르지만, 무리지어 피어서 봄을 만끽하게 하는 꽃은 뭐니뭐니해도 벚꽃이라 하지 않을 수 없을 터. 벚꽃이 피기 시작하면 그건 정말 말릴 수 없는 바람기처럼 일시에 확 번져서 그 주변까지 환하게 달구어 놓고 만다. 벚꽃은, 다들 화무십일홍이라 하니, 기왕이면 그 열흘 끝까지 바람나 보려는 욕망을 숨기지 않는 게 분명하다.

벚꽃이 그렇게 제 한껏 피어나 꽃잎을 다 날리게 되면 이제 봄은 더 숨길 게 없어진다. 그 꽃그늘 아래 견뎌온 숨은 꽃나무들도 몸이 달구어져 더는 어쩔 수 없어지는 거다. 그것들은 "헤픈 봄 바다 많은 얘기 알고 있는 듯/ 해안길 여기저기 뜻 모를 이력 안고/ 향기로운 꽃들"로 만발한다. 봄이면 벚꽃으로 이름 날리는 모든 곳이 그러리라. 그런 곳 중 하나인 부산 광안리 또한, 벚꽃만의 세상이 아니라 그동안 숨겨온 모든 것들이 꽃피는 세상으로 불태워진다. 장태진이 보는 봄은 그러니까 벚꽃 만발한 세상이 아니라 그 숨은 것들이 모두 함께 절정의 모습을 드러낸 봄이다. 이 시를 장태진이 60대 중반에 이르러 다시 시를 써서 세상에 내놓은 이유를 설명하는 시로 이해하면 어떨까. 이를테면 장태진의 시적 자아는 해마다 지나는 봄을 견뎌온 숨은 꽃나무로 견디다견디다 이제 더는 화려한 꽃잔치를 침묵을 보고만 있을 수 없게 돼 드디어 꽃을 터뜨리고 마는 그 숨은 꽃들의 마음에 자리하는 게 아닐까. 벚꽃만 꽃들일 수 없다는 것, 내 시도 시라는 것! 그 꽃, 그 시를 '뜻 모를 이력'으로 핀 거라 하였으나, 어찌 그것이 뜻 모를 이력일까!

이 시집은 전 4장으로 나뉘어져 있다. Ⅰ은 대체로 최근 2년 내에 쓴 것이고, Ⅱ는 살아오면서 인연을 더 잇지 못해 아쉬운 것들에 대한 그리움을 담은 거라 한다. Ⅲ은 아버지와 고향에 대한 향수를 그리는 한편으로 나이 들면서 눈에 띈 것들에 대한 소회를 아울러 담았으며, Ⅳ는 삶 전체를 반추하면서 얻는 다양한 감정을 담았다고 한다. 그런데 시집 전체를 일별하면 문학과 담 쌓고 산 세월이 상당하다 했지만, 실은 그럴 수는 없었으리라는 짐작대로, 혼자만의 밀실에서 속 깊은 데서 들끓는 사연을 꺼내 이리저리 담금질해 온 것이 분명해 보인다. 그러다, 「광안리, 벚꽃만 꽃이 아니다」에서 보듯, 벚꽃처럼 화려한 것들 천지에 '이렇게 숨겨진 꽃들'이 있다고 내놓고 있는 것이다.

*

이 시집의 시들은 각 장으로 나뉘어져 서로 조금씩

다른 빛을 발하고 있지만 전반적으로는 지난 시절을 반추하는 시선을 견지하고 있다고 할 수 있다. 이 점은 사실 장태진 정도에 연치에 이른 시인이면 누구에게나 엇비슷하게 나타나는 현상일 게다. 중요한 것은 그 반추에 곁들어지는 무게감일 것이고, 그 무게감에 곁들여지는 신선함일 것이다. 이쯤에서는 이 시집의 표제작「안개꽃 꽃잎만큼 많은 날을」을 읽어둠이 좋을 듯하다.

높지만 가파르지 않은
산기슭에
테라스 딸린
작은 집 짓고
나지막한 소파에 묻혀
소식 전하는 강물을 보며
흐르는 물처럼
우리는 사랑했고
나는 행복했다

시작의 기쁨도 버리지 말자
과정의 즐거움도 잊지 말자던
그 사랑 떠난 후 한참을
나뒹굴며 울었고
팔을 내저으며

몇몇 날 몇 밤을 더
슬퍼했다

낮게 흐르다 고인 물처럼
하늘 가득 담고 달빛 속을 걷다
날아갈 수도
흘러갈 수도 있는 시간
스스로 안타까워
머리털을 쥐어짜며
떠밀리듯 때를 보내고

나무 사이로 불던
가만한 바람과 함께 흐르던
강물처럼 흘러간 시간을
곱씹는 아픔

꿈에서 그를 만나고 아쉬워
꿈을 이어 잠을 청하는 설레임

누구의 도움 없이는 추억하기도 버거운 세월
눈 흘겨 돌아서는 모습도
이제는 믿지 않다
사랑해요

지금도

안개꽃 꽃잎만큼 많은 날을 아직
밤새워 기다리고 있음에
                              —「안개꽃 꽃잎만큼 많은 날을」 전문

   당초 인간이 품는 사랑의 감정은 그 자체로 절대적인
것이다. 바라지 않고 다짐하지 않는 그 자체의 사랑 말
이다. 그러나 알다시피 그 사랑은 그것을 주고받는 과
정에서 결국 갖은 조화를 다 일으키고 만다. "우리는
사랑했고/ 나는 행복했다"할 때의 그 사랑과 행복이
'시작의 기쁨'이자 '과정의 즐거움'으로 이어져야 마땅
하지만 대개 그 사랑, 그 행복, 그 약속은 어느새 과거
의 일로 밀려나버리고, 나아가 그 언젠가에 이르러서는
그 대상마저 남아 있지 않게 된다. 물론 거기에 당연한
수순처럼 울며 슬퍼하고, 때로 '머리털도 쥐어짜는 아
픔'까지 겪으며 '버거운 세월'이 점철된다.
   우리가 아는 흔한 사랑시는 이 지점에서 완성된다.
그 사랑시는 '나 보기가 역겨워 가실 때에는'의 '실연
의 시'요, '봄이 오면 기다리고 있을 테요'의 '기다림의
시'요, '님은 갔지만 나는 님을 보내지 않았어요'의 '희
망의 시'라 할 수 있다. 장태진의 이 사랑시 또한 떠난
뒤의 시, 기다리는 시, 아직도 만남을 꿈꾸는 시에서 크

게 벗어나지 않는다. 새로운 것이 있다면 바로 세월, 즉 떠난 이와 그걸 생각하는 나 사이에 놓인 세월을 특별히 의식한다는 점이다. "사랑해요/ 지금도"라 하지만 실은 "강물처럼 흘러간 시간을/ 곱씹는 아픔"의 자리를 유지하는 이유도 이런 데 있다. 중요한 것은 옛사랑과의 재회나 옛사랑의 환생이 아니다. 이 시가 값지게 드러내는 것은

> 안개꽃 꽃잎만큼 많은 날을 아직
> 밤새워 기다리고 있음에

에서의 "안개꽃 꽃잎만큼 많은 날"인 것이다.

그러니까 장태진 시에서의 사랑은 추억으로 반추되는 사랑이 아니라 그동안 살아온 세월과 더불어 보듬어지는 사랑이다. 그것은 '꽃잎'에 방점이 쳐지는 사랑이 아니라 '많은'에 방점에 쳐지는 사랑이다. 그 사랑은 사랑의 대상이나 그것을 향하는 마음이 문제되는 것이 아니라 그 사랑을 생각하며 살아온 "많은 날"로써 확인되는 사랑인 것이다. 「광안리, 벚꽃만 꽃이 아니다」에서 '뜻 모를 이력'이 '뜻을 모르는 이력'이 아니라 "헤픈 봄 바다 많은 얘기"였듯이, 「안개꽃 꽃잎만큼 많은 날을」에서의 옛사랑은 그를 생각하며 견뎌온 "안개꽃 꽃잎만큼 많은 날"과 더불어 한 참사랑이 되는 것이다.

*

  누구에게나 "내 심장을 달구는/ 뜨거운 이름"(「애인」)
이 있을 것이다. 그를 생각하는 마음을 드러내는 게 곧
시일 거라 생각할 수 있다. 그러나 그 옛사랑과 지금의
나 사이에 있어온 세월을 주목하고 그것이 감춰온 말을
드러낸 시들도 있다. 장태진 시에는 그렇듯, "흐르는
구름으로" 쓴 엽서(「나날들 2」)처럼 숨은 꽃잎들이 희미
하게 어른대고 있다. 그 세월을 담은 "꽃잎 닮은 일기
책장마다" 단풍 드는 모습(「나날들 1」)이 볼 만하다. 거
기 숨어 있던 말들의 속삭임에 귀 기울여볼 것을 권한
다.